Conception graphique : Claire!
© Talents Hauts, 2009
ISBN : 978-2-916238-45-6
Loi n° 49-956 du 16 juillet 1949 sur les publications destinées à la jeunesse
Dépôt légal : avril 2009
Achevé d'imprimer en Italie par ERCOM

# Our Best Clothes
# Nos plus beaux habits

Une histoire de Mellow
illustrée par Pauline Duhamel

Ce n'est pas grave,
tu n'as qu'à prendre cette botte.

Très important :
les lunettes de soleil.